Ex-time et
In-time :
l'humain debout

Damien Siobud

Ex-time et In-time : l'humain debout

Photo de couverture : portrait de sa mère par le grand-père de Dadu. Elle est (était) Ernéenne, mais cela pourrait être n'importe qui, une Anna d'Italie, une Annette de Nîmes… un simple regard intelligent sur les gens, le monde, une future Morgane, un dessin intime dévoilé (ex-time).

C'est aussi une femme debout, qui a créé les mutuelles du Mans à Ernée, en commençant son travail à vélo… qui a hébergé et caché un Juif français pendant la Deuxième Guerre mondiale.

Son petit-fils Jean-Marie-Vianney disait aussi, à sa propre retraite, dans les spectacles en maison de retraite avec Dadu, pour égayer les résidents, qu'elle faisait de bonnes galettes de sarrasin.

« Se réunir est un début, rester ensemble est un progrès, travailler ensemble est la réussite »

Henry Ford

Photo par Alain

Préface

Salut Paddy,

Je te confie ce *post* et son résultat à 340 vues en 4 jours (normalement, je dépasse peu la moitié), un record pour moi alors que j'avais juste envie de dire ce que j'avais sur le cœur après la visite d'amis (3 h) de Christiane qui ne m'ont rien apporté d'enrichissant, de nouveau, en trois heures.

Ne le prends pas pour toi, au contraire, avec toi, il y a une profondeur, du contenu, de la culture, je me suis même rendu compte qu'avec toi, cet attachement irait jusqu'à la meurtrissure et je préfère ça au vide.

Voilà donc l'objet, je pense qu'il y a une part de trouble que la différence crée et qui attire la lecture, un petit côté voyeur (à n'avoir aucun "j'aime", je m'en fous). Il y a une curiosité de l'autre qui a quelque chose d'intéressant, qui prouve que j'ai dû me dépasser un peu pour trouver les mots :

« Le Mauvais Plan : Fatigué. Je fréquente peu de gens ordinaires, ai accès à une autre culture, celle de ceux qui n'en ont pas. Je pourrais regarder la télé, aller à la bibliothèque, ça restera la culture de ceux qui n'en ont pas, une culture avec plusieurs temps, peut-être même plusieurs époques de retard.

*J'avais toujours plus jeune un côté avant-garde, des meilleurs, des premiers. Le monde handicapé est encore autre chose qu'être prolétaire, prolétaire, il vous reste une chance, même une minime, d'exister, au sens EXISTER, dans le coup, à la page… rire franchement entre gens du même monde : je ne suis pas dans mon monde, je ne suis pas comme un poisson dans l'eau mais comme une tortue Terrestre au fond de la Mer. Tout me tire vers le bas, le peu de gens qui me hissent en haut, au moindre excès d'une personne de mon monde, je tombe comme une masse dans la tristesse, l'abîme **auxquels** je suis habitué. Comme tous ceux de mon ghetto, j'ai la bague au doigt avec lui…*

Dadu »

Cette présentation, ce texte avec toi pris à partie peut être la préface de mon livre. Je présenterai peut-être ce livre comme un échange épistolaire avec toi, si cela ne te gène aucunement, en tout cas, c'est à l'étude en plein milieu des saints de glace, car nos échanges sont trop riches pour rester inconnus. J'essaierai de leur garder leur authenticité ? Tu pourras le lire avant et après relecture/correction. Je me dis que mon humeur suivant la météo, elle devrait redevenir la même cet automne. Je sais que comme moi, tu écris pour être lu avec profondeur. Je vais donc te citer comme écrivain.

Amitiés,

Damien

Retours de l'ex-time à l'Intime

J'espère que tout va bien pour vous.

Ici, cela fraîchit, alors on reste un peu à l'intérieur, nous sommes bien sortis hier.

Un texte avec ou sans intérêt, peu importe, j'ai eu plaisir à l'écrire et rien n'oblige à me lire, c'est sur des outils de mon point de vue faits pour m'entraîner à mieux écrire et à mieux partager : un point de vue positif, constructif, sur les réseaux sociaux Facebook mais surtout LinkedIn. Déjà, depuis que j'écris beaucoup, ma sœur trouve (à l'écrit) que je vais beaucoup mieux.

Mille bisous, portez-vous bien.

I - L'EX-TIME : UN OUTIL ET DES HUMAINS

L'ex-time, extérioriser ses sentiments, ses ressentis, sortir l'intime : il permet d'être authentique, d'être soi. Avec cela, qui aime l'idée, les idées, la ou les suive. Cela aide l'accomplissement, comme le fait un auteur (à succès ou pas).

Certains font de l'ex-time pour plaire, séduire, oubliant de s'en servir pour connaître le regard vrai qu'on a sur eux.

Sur Facebook vous verrez les amis qui croient en vous, vous veulent du bien par leurs commentaires. Eux aussi seront sincères et agréables si les amis sont bien choisis, si l'amitié est entretenue.

Sur LinkedIn, par un *post*, vous pourrez comparer ce qui de deux interpelle le plus : au nombre de vues de l'article, vous saurez presque ce qui plaît, déjà ce qui interpelle, mais aussi ce qui fait qu'on ne se mouille pas à « aimer », ce qui fera son chemin dans la tête des gens, sans avoir besoin d'être « liké ».

Sur un *post*, si vous êtes en position de Recherche, curieux de ce que votre authenticité apporte, il est sans intérêt d'avoir des « j'aime ». Pour un écrivain plus spécialement, ce qui importe est de voir où est votre richesse, beaucoup de lectures et zéro « j'aime » me concernant sont une preuve de succès, car un j'aime est une preuve de discernement qui n'en est pas une, c'est juste que vous avez quelqu'un dans votre « mouvement » qui prend un petit peu le risque de s'engager pour les premiers « *like »,* de suivre un mouvement pour les autres, de se laisser porter par la vague.

En fait, ces *posts* à succès qui ressemblent trop aux autres sont l'inverse d'une situation de séduction, « d'embauche », vous plaisez à une masse mais ne vous démarquez pas du tout.

Un *post* que vous écrivez avec tout votre fond de personnalité, tout ce qui vous fait sur un sujet, s'il a peu de lecteurs, n'est que la preuve que vous avez votre style bien à vous, sans doute trop d'avant-garde. Gagnez confiance en vous, vous avez pu faire quelques erreurs dans le style, tout bêtement des fautes qui font peur aux moins curieux du contenu, mais peut-être le concept comme la forme sont-ils trop bons pour être abordables. Cela ne prouve qu'une chose : non pas que vous êtes « nul », mais qu'il faut persévérer dans votre singularité, travailler, retravailler.

Mon travail, en résumé, n'est pas d'avoir des j'aime mais d'être lisible par la plus grande masse en tant qu'écrivain. Mon art : moins j'ai de lectures, plus je dois prendre confiance en moi : JE ME DISTINGUE = JE SUIS D'AVANT-GARDE COMME PEUT L'AVOIR ÉTÉ UN TABLEAU DE GAINSBARRE, « mes chansons à succès, c'est pour la forme, pas pour moi, en fait, vraiment, donc pas pour mon art. » Qui vivra verra !

PS : en application de ce que j'écris, je reste authentique et ne fais pas de ceci un texte surfait pour les « *like* ». Il est fait pour donner de moi et qui l'aime le suive. Ce n'est pas un manuel, je n'ai pas et plus ce sens du sacrifice. Prenez-le comme un partage, un cadeau entre professionnels. Une publication papier mériterait développement, je ne suis qu'à m'exprimer sur l'outil numérique qu'est ce réseau pro. Je n'ai à vendre que mes livres-témoignage, pas de manuel de l'outil numérique.

L'ex-time : un outil à dépasser par l'in-time (le lien humain)

— Paddy : « alors j'enlève le "*like*" et j'ajoute juste un commentaire pour dire que j'ai lu… Cela dit… a-t-on vraiment des amis sur FB ??? Une illusion. J'apprécie la matérialité de tes livres. L'objet crée une existence, **la dématérialisation de l'écriture par ces vecteurs numériques liquéfie le monde dans une grande soupe informe d'inconnus** sans lien. Un monde à la *Matrix*. Je reçois tes textes comme des lettres, comme aux siècles du romantisme, par-delà les distances, nous aurions pu avoir une longue conversation épistolaire. Je lis ce texte comme s'il n'était que pour moi, j'oublie le réseau LinkedIn, cela transperce, perfore, toute l'intimité d'une telle correspondance, je lis et te réponds sachant que d'autres peuvent lire, mais je le fais comme s'il n'y avait que nous deux, mais je pèse tous mes mots car je ne peux oublier que la lecture est publique, les *feed-back* apportent-ils alors vraiment un écho à l'auteur ? L'auteur peut-il vraiment savoir qu'il est lu ? Je crois qu'il ne faut pas perdre de vue que le numérique n'est qu'une illusion, que cela n'est qu'un outil à mettre au service de… comme ici il remplace la poste, le télégramme… mais ce n'est pas un but ni une fin. La condition de l'hominisation et de l'humanisation ne passe pas par cette virtualité. Or, c'est déjà presque trop tard pour se demander si le numérique est au service de… tant c'est déjà l'individu qui sert le numérique… à toi qui est si méfiant, garde raison face à cette virtualité. Je crois que l'auteur apprend sur l'impact de son travail quand celui devient œuvre, c'est-à-dire que d'autres s'en emparent, l'acquièrent, et cela au coût d'une transaction… »

— Je ne prenais pas parti sur l'ex-time, ne le jugeais ni meilleur ni pire, mon manque de discernement me fait réaliser qu'il serait capable du pire. Je romps avec lui pour l'été, ce temps de ta disponibilité, en ferai cet hiver un simple bouche-trou. Le mot qui me concerne est ABSENCE DE DISCERNEMENT à cause de l'ex-time (?) ou peut-être l'ai-je toujours eu (à ne jamais juger).

1 h 30 après : Tu as raison Paddy, l'histoire prouve que la plupart des œuvres humanistes qui rallient les troupes sont détournées à des fins individuelles égoïstes. Je vais donc me contenter de la radio sur l'ordi, vais un peu oublier les réseaux sociaux qui exploitent ou exploiteront au bout du compte la naïveté des gens. Ce n'est pas un constat vraiment présent, rien de méfiant, juste une observation des phénomènes forts de l'histoire, le meilleur exemple que j'en ai vu au cinéma est le film *Mission,* où le pauvre prêtre se fait assassiner par ses fidèles : tous lésés par une Église, le prêtre le premier.

Je réfléchis toujours, même tardivement, à ce que j'ai écrit : l'ex-time ne serait-il pas une forme de croyance où les meilleurs se sacrifient (donc à tort pour moi, je ne suis plus *kamikaze)* et leurs églises Microsoft, Apple, Android… en seraient-elles peut-être les premiers bénéficiaires ? À méditer.

Je sais qu'on pousse à *internet*, nous, Paddy. Pour que les autres ne soient pas à la traîne, mais de la même manière qu'on croit à un dieu, n'est-il pas intéressant d'y avoir le moins recours possible (ce sont là deux postulats, croire peu et pratiquer bien). C'est ainsi que je fais avec mon Dieu à moi, c'est ce que je voudrais faire avec le numérique, y croire mais ne pas m'y adonner coûte que coûte, seulement quand il m'aide (l'outil). Amicalement (même si cela fait mauvais genre sur LinkedIn, je peux me considérer comme ami et comme client, mes parents l'ont souvent fait et cela a créé des amitiés pérennes, parce qu'ils se sont choisis).

Tu sais, Paddy, l'outil numérique a recommencé à faire de moi un décomplexé à travers **www.amusantmusee.com**, qui avait du succès par l'humour et les « poésie-jouets » de mon père, mais me coûtait trop cher. J'aurais, je crois, mal fait évoluer ma vie, n'allant même pas au-devant de l'autoentreprise et encore moins vers le geste d'écrire sans lui, serais resté un petit bonhomme dans ma tête. Maintenant, tu as raison, dans la vie matérielle, il peut être bon d'être tout aussi décomplexé que Lacan… même si je ne souhaite pas atteindre ses excès. C'est peut-être grâce à cet outil numérique que j'ai les moyens de Christiane (ma conjointe qui fait ma réussite).

Donc, l'ex-time doit-être Dépassé par l'intime, ce n'est qu'un tremplin. À trop parler en anglais, on en oublie nos valeurs, « l'intime ».

Alors, je ne conçois plus *internet* que comme un immense marché et non plus un outil de liberté où, pour prendre exemple, il faut éviter de citer et se citer.

Retour aux sources, l'intime, le marché, moi qui espérais que l'on dépasse nos valeurs judéo-chrétiennes (sans savoir que je les aborderais) en dépassant ces lois du secret et du public, qu'il faut acheter avec de l'ARGENT. Ce sera pour un autre millénaire, celui où l'ARGENT, le TRAVAIL pour le CAPITAL seront dépassés.

Je ne suis qu'un idéaliste. L'idée était bonne mais en fait, grâce à Paddy, je réalise que nous n'y sommes pas prêts, rien qu'avec ces *too-big-to-be-legified*[1], les GAFA.

L'ex-time et l'intime habilement conjugués.

Je pense que nous n'y serons prêts que si les choses se font lentement et naturellement.

Pourtant, il existe déjà des sages de l'ex-time au sein de mon réseau (entre 2 ‰ et 7 %), c'est donc probable que ceci voie un jour le jour entre homo sapiens sapiens. On n'en est pas là, ailleurs que sur mon réseau, on s'engueule sur Facebook.

Dadu

---

[1] « trop-grandes-pour-être-légiférées ».

Excuse, Paddy, ma naïveté sur le numérique et en même temps, méfie-toi de moi, de ces médicaments qui me provoquent des absences de discernement.

Ce *post* sur l'ex-time était une œuvre pour la collectivité, mais sans doute suis-je naïf de faire ce travail gratuit. En fait, ces réseaux sociaux, j'y participe avec cœur, mais rassure-toi, il y a préférence (énorme) pour mes liens proches. Les gens du réseau, pour moi, sont de bêtes collègues, toi, tu es mon ami. Je n'avais pas compris que sous tes phrases courtes, il y avait une profonde lecture, j'ai une lourde absence de discernement, cela ne m'ouvre, hélas, qu'un peu les yeux. Il n'y a que le vrai lien, tu as raison, qui peut changer un homme, mais de la même manière que j'avais du mal à croire en l'amour de Christiane (cela s'estompe encore et encore), j'ai du mal à croire en l'amitié, pas vraiment à « croire » mais à la voir.

Le peu d'amis que j'ai n'ont pas gardé la relation, ou l'on gardée mais divergent avec l'éloignement, du fait qu'on échange trop peu (je suis donc sans jugement sur eux).

Excuse-moi, j'avais le sentiment d'œuvrer pour une collectivité et faisais en fait bénéficier d'Abord mes proches.

Il n'y a pas de trahison, Paddy, il y a une candeur, là où je n'ai pas vu une amitié se créer. Je ne vois pas cette humanité que l'on pourrait avoir par l'échange de regards. Vous, vous n'en doutez pas, c'est plus confortable, moi n'ayant pas le regard qui de ton côté est aussi diffusé énormément autour de toi.

C'est mon tort, je ne suis pas présent quand je le devrais, mais c'est si difficile pour moi d'être le même que la dernière fois qu'on s'est vus, car si tu as remarqué, à la dernière séance de poterie, j'étais bien en confiance, bien dans ma peau et ça, c'est l'œuvre d'un lien qu'avec ta persévérance et celle de Christiane, vous avez su nouer.

J'ai les boules quand j'observe que même l'amitié, je ne la discernerais pas si mes amis ne savaient, comme toi, me montrer un peu de colère, preuve que je t'appartiens bien, de ton choix. Grâce à ta colère, je comprends qu'on tient à moi, bougre de crétin que je suis. Je comprends mieux les colères de ma sœur, je comprends qu'elle me protège aussi.

Amitiés,

Dadu

PS : Tu sais, je vois que je suis comme mon père, je n'estime pas la valeur que j'ai pour les autres et de ce fait, j'en fais trop. (Ce n'est pas bon signe, je préfère le prendre avec humour car c'est dans ma nature).

Ce que j'écris pour toi est valable pour Annette, je peux passer pour quelqu'un qui n'aime pas, mais j'aime trop les gens et ai besoin de me donner à tous. Tu es le premier qui ait répondu, je ne sais pas si Annette a ce sentiment d'absence d'exclusivité, pourtant je sacrifierais les autres pour vous. Ils ont déjà eu beaucoup.

II - JE DOIS ME TROMPER

— Bonjour Annette, re-bonjour Paddy,

Je ne sais si tu as lu l'article qui pour moi était le partage de mon travail. À ce que j'en comprends, la réaction de Paddy est plus de considérer ceux qui lisent (sur LinkedIn) comme des voyeurs d'ex-time. Je réalise que c'est probable, pour une majorité, mais je suis comme ma sœur à ne pas arriver à croire qu'il n'y a pas de gens qui me ressemblent, qui sont authentiques et lisent comme quand vous me lisez, sans détachement.

J'ai un ami, même deux amis sur ce réseau, qui échange avec moi en dehors. Peut-être sur les 2700 n'y a-t-il que ceux-là et, même si sur les deux, il n'en reste qu'un, j'ai apprécié et continue d'apprécier son côté authentique : il m'a offert la couverture originale de *Linou, Lila et nous,* s'est fait aider par une de ses relations. Il a créé un lien matériel comme nous l'avons fait avec deux amis Facebook : des cadeaux spontanés. Je dois être naïf dans le sens où je ne juge pas les gens (alors que peut-être eux me jugent), je fais mes confidences sur ce réseau en me disant que j'enrichis les *« data »*, les données qui servent à comprendre les gens. Pour moi, ce lien, cette vidéo a pu être créée grâce à une masse de témoignages et je dois me tromper, ces témoignages doivent s'adresser à des pros (psys) ?

https://informations.handicap.fr/art-fondation-deniker-schizophrenie-875-10804.php

Cette vidéo est la toute première que je vois sur les médias sur la schizophrénie, moi, j'ai devancé, pris l'habitude il y a quelques années d'être parfois ex-time pour parler de ce que cette vidéo n'énonce pas. Sur peu d'amis Facebook (moins de 100, je cherche la qualité), il en reste qui des années après gardent le contact, on se chouchoute entre nous, mais peut-être est-ce que je me leurre comme quand je crois que mes textes font avancer le schmilblick, peut-être ne seront-ils utilisés qu'à des fins commerciales ?

Ah, ça, c'est tout moi, naïf quand il ne faut pas et méfiant quand je ne devrais pas, non ? Qu'en pensez-vous, Paddy et toi ?

Mille bisous à tous les deux, on va faire les courses.

— Paddy : « oups… Dadu, nulle idée en moi de remettre en question ou en doute ce que tu fais et reçois sur et à partir des réseaux… juste l'idée de redire qu'il nous faut nous en servir en sachant ce que cela vaut, et ne pas prendre cela pour des faits tangibles… Les millions de personnes qui y plongent sans discernement sont leurrées pas la machine. Il faut se souvenir d'une idée de Norbert Elias, qui dit que la liberté se situe dans la marge étroite de conscience que l'on peut acquérir de toutes les forces hétéronomes qui nous agissent. Les GAFA sont une force hétéronome plus puissante que celles perçues avant. Comme être « divergent » (cf. le film) pour ne pas sombrer dans *Matrix.* »

— Tu sais Paddy, j'aurais au contraire envie qu'on mette mes raisonnements maladifs trop douloureux dans une matrice scientifique, pour aider ceux qui passeraient par ces moments trop douloureux de la maladie et trouver la donnée à changer dans une matrice (un simple réconfort) qui fait de moi un parano. La maladie non discernée peut mener à l'autodestruction, moi j'ai eu beaucoup de chance, comme sans doute d'autres qui ont survécu au mauvais geste. J'ai trouvé le bon traitement.

Les médicaments étouffent mes raisonnements-erreurs, je voudrais au contraire qu'on vende mes *data* (les donner, les vendre, pour moi, peu importe) pour qu'on trouve les mots qui me réconfortent, comme le dirait le bon androïde de *I, Robot.*

En attendant, j'ai trouvé mieux qu'un androïde, un vrai Ami.

Tu devrais oublier (de mon point de vue) *Matrix* pour *I, Robot,* deux fictions simplement, mais une où le bien, la conscience du bien naissent chez un robot. Je trouve que l'on s'invente bien des complications avec les fictions : on pourrait mettre dans chaque circuit une fonction inhibition qui stoppe l'androïde dès qu'il prend « conscience » de mal faire.

L'homme peut toujours tout sur ses machines, de mon point de vue, notre peur d'être dominé (par elles) rend nos idées trop noires. Même les GAFA, pour vendre leurs *data*, leurs matrices, devront les vendre aux puissances constructives : l'argent est roi, cela a aussi ses avantages.

Tu sais, si on se fait piéger par les réseaux sociaux, les fictions sont aussi trop bien faites, le monde n'est pas manichéen comme au cinéma. De nos jours, de vraies matrices devraient détecter en Hitler l'artiste talentueux avant que, blessé, il ne se transforme en un stratège de la tuerie. C'est là que j'ai arrêté avec les fictions, les sensibles voient l'horreur avant de voir le bon côté des choses. Moi, c'est pour cela que je fais la démarche de prendre mes médicaments, pour voir le bon côté des choses.

Amitiés,

III - Les fictions

— Paddy : « Oh, pour moi qui fus un lecteur de SF et de *fantasy,* je sais qu'il y a de belles fictions… »

— Oui, je viens d'en lire une sur un livre audio, mais ces romances exagèrent les aspects (les sœurs Barbarin, par exemple, dans le livre d'Éric-Emmanuel Schmitt, pourtant des jumelles) : sans le faire exprès, pour le lecteur de *Ma plume à Pierrot*, j'ai cassé du sucre sur le dos de mon père, qui n'est pas un monstre. Un livre occulte les autres histoires, mon père a son histoire qui le justifie.

Un livre, un texte, comme le faisait Einstein en mathématiques, peut donner une version comme dire son contraire, l'inverse, peut-être même tout l'inverse, cela dépend de comment on relie les choses entre elles et à quoi on les relie, « ça change la formule ».

Le meilleur exemple en est la Bible, que l'Église est obligée d'adapter pour lui donner son sens, au moins « du » sens avec le monde et la langue qui évoluent.

Dans ce grand roman, si on va en l'analysant, on peut dire que « Judas a le second premier rôle », mais on ne sait rien de Judas. Ce n'est qu'un *best-seller* qui a donné lieu à des autodafés, peut-être même à des *pogromes*.

Tu voulais dire quoi par SF ?

— Science-fiction.

— J'étais justement en train de parler fiction, la Bible n'est-elle pas une belle fiction (le plus grand succès en Occident qu'on ait choisi de suivre : une culture) ?

Je te laisse, Paddy, n'ai aucune idée de ta réponse, de mon côté, supposer qu'on va être obligés de parler culture et me dire que **la science-fiction est la nouvelle culture, la nouvelle bible** me rassure, puisque dans les deux cultures, les forces du bien se suivent et continuent.

La science et la science-fiction

La science est la culture qui domine, se propage, détruit sur son passage beaucoup de cultures existantes et peut-être de leurs connaissances, de leurs savoir-faire.

Un peuple autochtone de l'Amazonie a le bénéfice et l'avantage d'avoir un corps robuste qui crée des immunités aux maladies, aux insectes… D'accord pour copier leur sang (quoique, de quel droit une culture volerait celle de l'autre pour peut-être après la détruire, la force ?), mais pas pour détruire leur environnement, qui est peut-être la source de leur immunité ; détruire leur milieu et en même temps leur peuple : un génocide, même s'ils ne sont pas nombreux.

Voilà notre monde « scientifique » qui s'intéresse à la science-fiction, à la prévention alors que cette nouvelle religion détruit à grand fracas au présent et que ce peuple qui idolâtre cette science s'en inquiète, dit-il, alors que le réel, le drame se déroule au présent et qu'il est étouffé par des fictions. Ce n'est vraiment rien de sérieux : 50 millions de fichiers Facebook vendus, qu'est-ce en regard de cette grande surface de santé, cette bibliothèque de la nature qu'est l'Amazonie.

« L'Amazonie, ça me fait une belle jambe, me direz-vous, ce soir je vais manger du bœuf brésilien en *steak* tartare. »

« Oui, je vois… brésilien… steak… tartare… vous compter le manger sur le dos d'un éléphant d'Asie ou d'Afrique ? »

Voilà donc toute notre science répandue sur toute la planète, notre science, la plus forte, celle qui gagne.

Eh bien, des fictions, la plus forte, la plus réelle gagnera puisqu'on n'est pas foutus de s'intéresser au présent : **le présent devance l'avenir**. C'est mon point de vue, le présent a sa place avant l'avenir en matière d'action, ne pas remettre au lendemain ce qui Doit être fait le jour même !

IV – LE PRESENT DEVANCE L'AVENIR :

C'est ma conviction et pas qu'intime…

50 millions de matrices clients Facebook ont été vendues, cette affaire doit être solutionnée au plus vite. Facebook ne devrait même plus exister. On devrait apprendre à s'en passer pour autre chose de plus intime. Que cette suppression ne soit pas qu'un *placebo*, même s'il y a beaucoup d'enjeux économiques : on ne met pas tous ses œufs dans le même panier.

Dadu

3 j'aime

3 commentaires sur l'article de Dadu

- Tout est en un, la terre et le ciel, l'univers dans la boîte et l'Amazonie dans un *steak !* Dadu est un magicien de la conscience où l'amitié et l'amour sont bousculés dans ses mots aux coups de griffes dans nos consciences et cela est bien. Jean-François

- Merci, Jean-François, tu sais, ces chats sont blancs, la partie blanche d'un chat est très souvent érogène : nous sommes deux chats blancs à sensibilité à fleur de peau. Toi, tu as ce regard jumeau sur mon écrit, regard encore plus précis et infaillible.

- Merci, Dadu, pour ce partage. J'ai commencé à vous lire. Vous écrivez ce que vous ressentez au fond de vous-même. Cela libère d'écrire et permet aux émotions négatives de s'envoler parfois. Votre écriture est intéressante car elle parle de notre société, de votre ressenti par rapport aux réseaux sociaux. On retrouve dans vos écrits la réalité du monde virtuel, celle des réseaux et aussi le besoin d'exister en étant lu. Bonne continuation dans votre écriture. Bonne soirée, Karine.

• J'ai lu l'intro, et un peu en diagonale les autres textes que j'avais déjà lus auparavant.

Ce qui est intéressant, c'est ton regard sur la culture, à mes yeux, même si on se sent dans une place marginale par rapport à la culture « normale » (je me méfierais de cette culture-là et ne sais pas si elle existe, ou alors ce sont les gens « normaux » qui ne voient pas leur étrangeté par rapport au reste du monde), bref, pour moi, la culture, c'est un ensemble de biens communs qu'on partage avec quelques personnes (le groupe étant plus ou moins grand) et quelquefois avec des personnes ou des idées d'ailleurs, ou d'autrefois ou en construction… mais ce socle permet de se tenir debout sur le pas de sa porte (ex-ister = la station debout avec une ouverture à l'autre), cela, la rencontre qui fait que je suis parce que l'autre me voit, me parle avec les incertitudes, les difficultés à y être (l'artiste est toujours un boiteux).

Bon, on en reparlera.

Marc et le monument

— Bonjour Annette,

Merci de m'avoir lu.

Oui, hier, nous avons été reçus très chaleureusement par des gens qui nous ont fait connaître leur culture, c'était très riche de données et nous retiendrons sans doute ce sens du partage. Moi qui avais dormi trois heures et demie et taillé une heure et demie de route aller, deux heures retour, j'étais honoré par la façon dont nous avons existé, comme tu dis, remis debout.

Toute la culture de son pays et des ancêtres autour d'un monument aux morts réalisé par mon grand-père (qui a créé notre lien, avec la volonté de Marc, l'ami qui nous a reçus avec et chez sa maman), nous baignons dedans, non pas comme des touristes par un échange commercial, mais par une volonté d'être assimilés à cette culture, cette famille, c'était chaleureux et tellement inhabituel que ça pouvait en être troublant.

Marc, très intéressant, car tout avait du sens, comme tu dis, nous a remis debout par ses cadeaux de connaissances, mais la route et le peu de sommeil nous ont mis à plat pour aujourd'hui.

La culture de ce bel après-midi qui s'annonce sera de profiter de la simple beauté de la nature environnante d'ici.

J'écourte pour aujourd'hui, restant imprégné des paysages mais aussi des « bruits » que nous avons captés pendant quatre heures de petite voiture peu sécurisée.

Mille bisous, Annette, j'émerge doucement d'une longue nuit de récupération, te réécrirai, mais te rassure, le livre, si je l'écris, sera moins rébarbatif à lire ou écrire.

Marc, je te confie ce texte comme un échange d'un tout petit réseau d'amis de confiance, parce que « les copains-copines d'abord ». C'est du Dadu, l'idée-aliste tout craché.

À Annette, que tu gagnerais à rencontrer en tant qu'humaine, dans tous les sens nobles du terme :

« Je te relis et la journée d'hier était bien cette journée debout.

Dans la dernière ligne, tu parles d'incohérences qui donnent du relief, c'est bien le mot, chaque individu dans les groupes, chaque groupe dans les groupes a sa cohérence à lui, qui ne l'est plus pour un autre, dominant par un autre rapport qui fonctionne sur d'autres valeurs.

En mathématiques, cela se résume par des axiomes différents qui mènent à des conclusions différentes, jugées par les valeurs des autres (axiomes des autres) comme incohérentes car divergentes. Pour moi, chaque individu, chaque culture a Sa cohérence, il faut connaître les axiomes des autres pour comprendre leurs raisonnements.

L'exemple parlant d'hier est celui de la préservation du patrimoine : il y a des routes, des gués gaulois que nous avons devinés, il y a cette ferme et ce monument aux morts qui vont sans doute se trouver sur une quatre-voies moderne : comme aller dans le sens du développement durable en respectant ceux qui ont donné leur vie pour la liberté d'un peuple, d'un continent, d'un monde, de notre planète face au nazisme déshumanisant ?

Nous sommes à l'heure du numérique comme des routes quatre-voies pour des intérêts individuels d'industriels. Les photos que garde Marc, la maquette que nous avons apportée, tout cela garde du sens à ce monument même s'il était déplacé, voire remplacé par sa maquette, qui ne doit pas être cachée comme font les églises s'appropriant l'histoire de l'humanité, comme un Graal.

Pour moi, par les liens noués, la mémoire peut-être un jour écrite de Marc par Marc, tout cela peut conserver tous ces axiomes, ces identités humaines ou matérielles. Jusqu'à ce côté « bavard » vu de l'extérieur, moi, je dirais plutôt passionné, aimant, authentique de Marc. Car il a raison, *carpe diem,* la vie peut s'arrêter n'importe quand, il y a tant de choses à dire, retranscrire pour ne perdre que l'inutile (s'il y a ?), moi, je crois comme lui qu'il faut tout garder pour tout redire, le vocabulaire, les outils s'enrichissant.

Je dirais comme Marc sur le « je », « Nous sommes des êtres sociaux qui devrions, comme les Asiatiques, garder notre cohésion », j'ajoute : par le souvenir de nos cohérences. Je compte aujourd'hui faire de cet écrit un « on ».

Bises. »

Marc, petit message pour te rassurer, l'industriel qui croirait que ses routes sont construites pour lui, par lui, individu, n'est en fait qu'un pion qui nous permet de construire des quatre-voies « romaines » sans dîme et sans péage. Il a plus figure de pigeon que d'individu, pour moi, fonctionnant plus qu'œuvrant, et sans s'en rendre compte, jouissant de plaisirs très fugitifs, mais cette route reliant les hommes aux hommes, route robuste qui accroche bien les pneus, vaut encore mieux que notre monument qui peut se réduire à une maquette, plus des photos et un livre.

Amitiés,

Dadu

— Merci, Dadu, de ce très bel échange.

Tout d'abord sur les idées croisées dans ces échanges qui s'entrelacent et se répondent.

Et puis la photo de ce monument bien plus beau et parlant que des tas de monuments aux morts avec des victoires ou des obus, etc., cette carte dressée et portée par ce mur comme une maison pour l'abriter, c'est chaleureux comme le récit que tu fais de cette rencontre et de ces routes croisées sur un paysage humain.

Bel échange pour clôturer une journée ensoleillée au jardin, semer les haricots, puis un petit orage, juste pour arroser le semis, sans doute !!

Continue à écrire à ton petit bureau au pied du soliflore, c'est magique.

Bonne soirée,

Annette

— Merci, Annette, pour cette poésie que tu dégages toujours, les petits sourires que même fatigué, je lâche avec plaisir.

Mille bisous.

Marc, j'ai le sentiment qu'un livre doit être écrit par l'historien. S'il y a besoin d'un interlocuteur dans ce livre, je veux bien jouer le rôle tout en étant authentique.

Amitiés.

PS : Annette est une dame à découvrir, si tu vas vers Nîmes, je suis volontaire comme copilote. Attention, j'ai entendu dire que nous passons à la limite de 80 km/h en juillet sur les nationales ou départementales (?), pour un lambin comme moi, ça fait l'affaire…

— Journée paisible en vue.

Et bonne route à l'occasion,

Annette

J'en veux

J'en veux à ceux qui ont fait 20 ans de carrière, n'ont pas cherché la promotion. N'ont pas risqué de changer de boîte pendant qu'ils avaient les cartes en mains, ou s'ils sont restés, n'ont pas fait le passage au XXIe siècle en prenant les cours du soir au CNAM.

J'en veux à ceux qui ont pensé revendication avant de se bouger pour créer leur propre emploi, comme salarié ou comme indépendant.

L'emploi, s'ils n'avaient pas regardé les infos PASSIVEMENT, de LA MÊME MANIÈRE QU'ils ont TRAVAILLÉ : PASSIVEMENT, SANS VOIR NI LEUR AVENIR NI CELUI DE LEUR BOÎTE : l'emploi. L'emploi, oui, ils regardent trop de fictions et pas assez de réel, est quelque chose de MOUVANT. Regarder les infos et ne pas se sentir concerné en prenant sa promotion en main pour laisser la place à un autre, un autre qui continuera le mouvement, ne pas se sentir concerné, autant ne pas regarder la télévision.

Ne pas se croire assez intelligent pour aller de l'avant manque d'intelligence, **il n'y a que ça à changer, aller de l'avant, ça rend intelligent.**

J'en veux à ceux qui disent avoir travaillé dur (comme salarié) et ont en fait profité de 20 x 5 semaines de congés payés plus de nombreux ponts, n'ont pas transmis leurs savoir-faire avant de savoir partir.

J'en veux aux nombreux ouvriers qui se comportent comme des assistés de ne pas VOULOIR CRÉER LEUR EMPLOI. D'avoir travaillé gratuitement pour une entreprise mal gérée plutôt que de chercher une entreprise saine où évoluer, et faire évoluer.

J'en veux aux côtés naïfs et revendicateurs des Français qui ne s'assument pas.

Je leur en veux d'être des Shadocks sans cervelle qui pompent leur salaire et ne savent prendre leur envol, au moins la fuite avant que la foudre ne leur tombe dessus.

Si ma maison avait à prendre feu, au moins, je l'aurais assurée, si ma boîte doit couler, je n'attends pas la cinquantaine pour cotiser à l'assurance.

J'en veux au Français de se faire plus bête qu'il est, alors qu'il a toutes les cartes. J'en veux aux Français de ne pas croire à leur intelligence.

Ce texte va dans tous les sens, comme la foudre, et elle tombera sur les cibles qui se choisiront, comme un coup de semonce dont on réchappe pour ne pas vivre le cyclone.

À la frontière du Maine

— Bonjour, Morgane, et merci pour votre « j'aime » à l'article « J'en veux » : oui, ce qu'à une époque on jugeait comme de l'instabilité n'est qu'une volonté de s'en sortir, de l'ambition aussi (pour soi et pour les autres, surtout celle de ne pas stagner puis croupir. J'ai vu à votre profil que vous êtes allante : bravo !)

— Merci, Dadu.

Et avec plaisir pour le « j'aime » étant plus qu'honnête. Bonne soirée.

— Merci, Morgane, bonne soirée à vous aussi.

J'apprécie beaucoup vos mots "plus qu'honnête". Amicalement.

— J'aime saluer les bonnes choses, c'est appréciable. Désolée pour le temps de réponse. Bonne soirée à vous, Dadu.

— Merci, Morgane, c'est gentil. Il n'y a pas de délai sur le *net,* surtout quand il fait beau dehors ! J'essaie au contraire de réserver l'ordi pour l'automne-hiver, mais souvent, l'habitude est prise car on y a plaisir. Petit partage de la promenade de cet après-midi avec ma compagne : il est important de prendre l'air et nous nous aventurons toujours un peu…

— Je suis tout à fait d'accord avec vous ! Magnifique paysage, en effet, il faut profiter du beau temps, merci pour votre partage ! Je vous partage également une photo de Rennes-le-Château, où nous sommes allés ce jour avec mon compagnon. Ce fut merveilleux !

— Merci beaucoup, Morgane. En effet, magnifique paysage ! J'ai regardé sur *internet* : je voyage grâce à vous. Amicalement, Dadu

— Avec plaisir, c'est agréable de partager ! À bientôt.

— Merci, Morgane, oui cela fait du bien : un moment sur l'ordinateur dedans, au frais, un moment au soleil ou au chaud dehors, c'est un joli mois de mai.

— Oui, malgré les intempéries, quand il y a des journées ensoleillées, cela fait du bien !

— Vous aurez sans doute plus de chance en juin et nous moins…

— C'est possible. Vous êtes de quelle région ?

— Du Maine. Exactement de la Sarthe (72200), mais nous frôlons la douceur angevine (Angers est à 45 km, comme Le Mans).

— Ah oui, en effet, petite douceur ! :-) Je situe bien.

— Ce soir nos toutes premières gouttes d'eau depuis le 2 mai avec un semblant d'orage, ce n'est pas usuel. Vous êtes déjà venue par chez nous ?

— Non, du tout, mais je connais la région de par les on-dit. Nous, le beau temps dans l'Aude depuis quelques jours !

— J'ai vu l'altitude de 470 m, notre point culminant dans la Mayenne est à 417 m, cela se rapproche un peu du paysage que vous m'avez partagé, mais il y a plus de 100 km d'ici au mont des Avaloirs.

— Ah oui, cela fait beaucoup. Les montagnes font de très beaux paysages, en effet. J'apprécie beaucoup !

— Ne les quittez pas, sinon ce sont elles qui vous rappelleront.

— Oui, tout à fait ! Je suis accrochée à nos montagnes !!

— De mon côté, je ne pense pas que « j'irai revoir ma Normandie », les contraintes de la vie.

— Comment ça ?

— Oui, les ruisseaux de la Mayenne ne sont pas loin de la Normandie.

— Ah, d'accord. De temps en temps, il n'est pas mauvais de retourner aux sources…

— Oui, c'est ce que nous avons fait avec ma compagne : revoir un monument construit par mon grand-père en 1948.

À 70 ans de différence… la dame au centre sur la photo avait 12 ans à l'époque.

Les gens (Mayennais) que nous avions vus il y a 10 ans nous ont reçus comme si nous étions de leur famille alors que je me rappelais peu du monument. Ça fait bizarre d'être plongé dans 70 ans d'histoire par les deux personnes de gauche sur la photo. L'homme de gauche, Marc, nous a même parlé des chemins gaulois.

Ce monument sera peut-être détruit ou déplacé pour la construction d'une route quatre-voies, la roue tourne…

Les intérêts industriels…

— Waouh, belle photo et très beau monument ! Je suis sidérée cependant du fait que l'on
efface un monument au profit d'une route. Un monument permettant la mémoire individuelle et col-
lective. C'est malheureux et j'en suis désolée pour
vous et votre grand-père et aussi pour votre famille.
Je croise les doigts pour qu'il ne soit que déplacé et
mis à l'abri quelque part où il ne subira pas les ra-
vages du temps et de la société !

— Merci, Morgane, ne vous inquiétez pas, à
mon sens, il est trop bien entretenu pour être détruit
et près de la Normandie, on attache beaucoup
d'importance à la mémoire. C'est vrai qu'il y a eu
beaucoup de morts pour notre liberté face au nazisme et ce serait un peu fou de les mettre dans
l'oubli, garantissant qu'il y aurait alors une autre
guerre mondiale. Rassurez-vous, s'il y a moyen de
construire une quatre-voies, il y a moyen de conserver ce monument, il peut juste être moins visible
de la route, ou qui sait, encore plus visible ! Nous
étions partis pour apporter la maquette de 70 ans (et
quelques) du monument à madame la Maire
d'Ernée. Je pense qu'elle doit être la première à
connaître les valeurs françaises. Sans doute, d'après
moi se rapprochera-t-il du centre-ville pour des
commémorations plus marquantes. Pour moi, la
suppression serait plus un affront à un grand-oncle
décédé côté mère (un poilu) ou au grand-père de ma
conjointe (son père, élevé à la DDASS, n'a pas
connu ses parents) et donc, cela ne se fera pour moi
pas. Voici la photo de la remise de la maquette : on
ne le voit pas, une petite fille est présente, il restera
dans cette mémoire et dans cette journée au mini-

mum trois femmes pour deux hommes : si la femme est l'avenir de l'homme… C'est gagné !

— Merci pour les photos de ces paysages pai-
sibles, continuez d'explorer tous ces chemins sym-
pathiques.

Moi, je rêve que les moutons cachés derrière
les herbes, si graphiques qu'on les croirait en relief,
je rêve que les moutons soient devenus mes chers
nuages.

Et en échange, voici pour le résumé de la construction de la nacelle qui maintenant s'appelle *Annette* et flotte dans le port de pêche du Grau du Roi.

Je vous embrasse,

Annette

L'histoire d'Anna

Nacelle 4985_W6.jpg    Nacelle 5003_W6.jpg    Nacelle 5011_W6.jpg    Nacelle 5045_W6.jpg    Nacelle 5089_W6.jpg

Nacelle 5105_W6.jpg    Nacelle 5119_W6.jpg    Nacelle 5128_W6.jpg    Nacelle 5132_W6.jpg    p.jpg

p1.JPG    p2.JPG    p3.jpg    p4.JPG    p5.jpg

p6.JPG    p7.jpg    p8.jpg    p9 (2).JPG    p10.JPG

p11.jpg    p12.jpg    p13.jpg    p14.JPG    p15.JPG

p17.JPG

— Bonsoir Annette,

Je suis sidéré de voir comment dans un si bon reportage tout à l'air de couler de source : autant les planches semblent se tenir aux autres, s'épouser, s'emboîter que vous avez l'air d'avoir tout fait en un court laps de temps, parfaitement coordonnés, dans l'entente et la bonne humeur. En y réfléchissant bien, j'imagine qu'il y a beaucoup d'échanges, de dossiers, de sueurs chaudes ou froides pour en arriver à la dernière photo, en passant par la collaboration de tous ceux qui ont porté ce Magnifique bateau, une grande œuvre d'une Magnifique équipe autour d'*Annette*.

Merci pour ce beau spectacle en quelques photos très bien choisies, j'avoue que je suis ébloui pour une fois au sens propre et figuré par un écran : ça me donne envie d'ouvrir une bouteille de cidre de chez nous à la santé d'*Annette !*

Mille bisous, je suis fier (très) d'Annette.

(Moi qui bois très rarement, j'ai fêté ça avec trois verres de cidre !)

PS : Je ne sais pas si je vais en laisser pour Christiane… on en ouvrira une autre…

— Bonjour Dadu,

Merci d'avoir fêté au cidre le baptême de l'*Annette* et de tes appréciations aux mots si choisis.

Oui, le temps pour réaliser ce bateau en quinze jours comprenait aussi le temps du projet : un an avant, nous savions que le Défi des Ports de Pêche allait être au Grau du Roi et qu'il fallait y faire quelque chose : parce que le travail d'insertion et de navigation de Siloé est à partir des vieux bateaux de pêche d'autrefois et qu'il fallait saluer d'une façon ou d'une autre la mémoire des pêcheurs du Grau du Roi. C'est la responsable culture de la mairie qui nous a proposé une démonstration de charpente de marine en public pendant la fête. Nous avons proposé la construction d'une nacelle pour naviguer sur les étangs (facile à construire dans le délai de la semaine de fête en mobilisant l'équipe), alors les pêcheurs ont demandé : - « Mais pourquoi pas une nacelle plus grande pour aller en mer ? » On a répondu : « - Parce que ça coûte plus cher ! » Alors s'est mise en place une négociation avec le GALPA (organisme de financement régional et européen pour aider les pêcheurs à proposer des solutions contre les difficultés de la pêche actuelle) (Siloé fait aussi partie des réunions de concertation de ce GALPA, ainsi que la mairie) et donc a été voté le plan de financement de la grande nacelle. Siloé a commandé le bois et préparé les plans du chantier, l'équipe s'est mise à l'œuvre à l'atelier la semaine précédant la fête, puis a terminé la nacelle en public du lundi au samedi, certains jours assez tard le soir. La nacelle a été mise à l'eau « peinture fraîche » ! et certaines retouches peinture ont été faites le mardi suivant la fête.

Voilà ! La belle histoire, à ta santé et à celle d'*Annette !!*

Pour mémoire : je m'appelle Annette parce que ma grand-mère et marraine s'appelait Anna. Elle était née au Grau du Roi en 1895 d'une famille immigrée de pêcheurs italiens. L'arrière-grand-père était venu d'Italie avec sa barque pour essayer de sortir de la misère (à l'époque, il y avait beaucoup de poissons au Grau du Roi), mais la vie y était dure : le père de ma grand-mère, pécheur lui aussi, est mort écrasé entre deux bateaux. La même année, sa mère est morte de tuberculose, ma grand-mère avait 7 ans. Cette année-là, le Grau du Roi était un village de cabanes où la malaria et la pauvreté ravageaient la population. Ma grand-mère s'est louée dans une ferme comme petite bonne pour survivre… mais le Grau du Roi est resté malgré tout dans la mémoire familiale.

C'est pourquoi dans mon esprit, la barque s'appelle plutôt *Anna*.

Bonne journée,

Annette

— Merci, Annette, pour ces deux belles histoires vraies autour d'Anna, dès le réveil cela m'émeut et je ne sais plus quoi dire.

En tout cas, je suis fier pour vous de votre œuvre du Grau du Roi, et je te remercie pour ce partage authentique.

En ce moment, moi qui nage facilement dans des idées noires avec ma maladie, grâce à la qualité de mon entourage - j'ai toujours aimé les gens (jusqu'à les protéger) - avec vous et ceux que je fréquente, je retombe amoureux d'eux, un peu comme si à une période qui a trop duré, j'en étais incapable, incapable de croire en eux.

Je partage ce texte avec les gens que j'aime si tu veux bien, c'est une si belle histoire !

Mille bisous,

Dadu

— Merci, Dadu, de ton partage.

Il n'y a pas grand-chose à ajouter sauf que c'est doux de partager.

Je vous embrasse,

Annette

Remerciements

D'abord Merci à Annette qui, à travers ce livre, déjà habituée aux *mails* et avec qui j'ai beaucoup l'habitude de correspondre, m'a fait confiance avec et par l'intermédiaire de Paddy, ils se sont donnés à la réflexion sur le temps d'Être, proches malgré les distances.

Paddy, mon premier interlocuteur que je côtoie de plus en plus et apprécie, m'a soutenu par l'honnêteté, l'intégrité de son vis-à-vis, déjà, et m'a depuis plus d'un an permis de découvrir Annette « à distance », faute de pouvoir pour l'instant se rencontrer. Annette, à l'occasion d'une « fête des mères épistolaires », a été le moteur de la synthèse de nos échanges autour de la belle œuvre de l'association Siloé, très résumée dans « l'histoire d'Anna », association que je recommande de soutenir (les marges de ce livre collectif iront à Siloé). J'ajoute d'ailleurs cet échange qu'elle m'a fait parvenir qui décrit bien ce sens du partage, je dirais inné comme mûri :

« Oui, le rythme s'est accéléré et l'ambiance est parfois plus tendue dans tous les ateliers que j'ai connus moi aussi, plus préoccupés de la démarche d'accompagnement que du résultat.

Et ce n'est pas qu'un supplément d'âge ou de problèmes physiques.

Là, c'était un *challenge,* donc il fallait tenir le rythme pour la mise à l'eau d'*Annette* le jour et l'heure annoncés, mais il y avait une équipe avec plein de bénévoles, très compétents, passionnés et qui mettaient la réussite du projet en avant.

Toujours le plus sera dans le partage. »

Merci énormément à Morgane, qui a très spontanément accepté de divulguer des échanges, nous ne nous y attendions pas, ni elle, ni moi, exprimés sur un réseau social en privé. Il a fallu un moment d'inspiration pour que, en témoignant de l'authenticité de « Marc et le monument », je voie l'aspect prépondérant dans le livre d'une belle voix et de notre jeunesse qui se résume pour moi à cette phrase :

« J'ai effectué une première lecture (je suis en cours et donc je n'ai pu que survoler). J'aime beaucoup cette idée d'échange, cette idée de lecture où l'on découvre la profondeur d'une discussion saine et sans vice. »

Merci à Marc, Monique, Jacqueline, ainsi que Christiane d'avoir prêté leur image, au sens propre et figuré, autour de la mémoire d'un monument, d'évènements, de concepts, dont l'écrit fait partie. Merci à Marc de façon prioritaire, avec Denise, sa maman, qui, autour d'une table qu'elle disait « simple », était si pleine de chaleur et de richesses.

J'insiste sur le fait de ne pas mettre de patronyme avec les prénoms, même celui de Christiane, qui est omniprésente pour moi, jours comme nuits, durant ces écrits. Échanger avec les prénoms seulement était la preuve d'authenticité des personnages et permet autant de se mettre dans leur peau que de leur laisser leur intimité. Me concernant, pour le côté Intime et collectif, je me suis nommé par mon « petit nom ».

Merci donc aussi à Jean-François et Karine d'avoir témoigné sincèrement dans la première partie.

Merci à Sandrine, « notre incorrigible correctrice ☺ ».

Postface

Bonjour Annette,

Merci pour tes réponses, prends le temps de lire.

Tu sais, ce n'est pas un essai philosophique, « je ne vais pas refaire la *Critique de la raison pure* », c'est pour ne pas faire une pensée toute mâchée que j'ai choisi le style épistolaire, cette fois-ci. Il doit en ressortir un ressenti qui doit faire venir chacun à sa propre conclusion. La mienne est la tienne à la fin du livre, l'échange, s'il est bien mené, est doux, le partage ex-time est doux et remet l'homme debout.

Je ne cherche jamais à refaire ce qui est fait par d'autres, je fais un livre, je crée mon style.

J'ai écrit sur ma page LinkedIn : « S'il y a une pensée actuelle qui me résout, la voilà :

On a figé au XXe siècle le Dadu en photographie. "Le mouvement dada, ou dadaïsme, est un mouvement intellectuel, littéraire et artistique du début du XXe siècle, qui se caractérise par une remise en cause de toutes les conventions et contraintes idéologiques, esthétiques et politiques". C'est en cela que *Lila, Linou et nous* est une œuvre du XXe siècle, de touche surréaliste, loin des *Mille et une nuits*, mais le livre a ces îlots qu'il affectionne, c'est une œuvre daduïste décalée qui apparaît au XXIe siècle d'un auteur du XXe, le Dadu, un animal rare du XXe siècle qui se montre au XXIe là où l'on ne l'attend pas, quand on ne l'attend plus. Contrairement au dadaïsme, le daduïsme se jou(t(e)) des règles scientifiques.

Comme l'a compris Picasso, il y a une part de dérision et même d'autodérision que tout être normalement handicapé est capable d'avoir… La mieux retranscrite est dans la série des *Temps suspendus.*

Oui, le Dadu est un animal bien original qui ne souhaite pas être pris trop au sérieux, tout du moins pas comme une référence. Un peu un Plantu aussi… j'aime faire sourire.

Je ne suis pas un être médiatique dans le sens « masses de lecteurs, *interviews* (pas de mon vivant…) »

Contrairement à l'*Éloge de la pensée lente*, ce livre est un tableau avec des peintures naturelles, je ne cherche d'abord qu'un ressenti, après, si le lecteur va plus loin, tant mieux, ce n'est pas un documentaire vulgarisé (ou philosophique) qui dit quoi penser. Ici, je prône l'authenticité, qu'on voie la nature de l'« être » et l'intention n'est pas le *bestseller*. Le Dadu, dans cette histoire, n'est que l'instigateur, **ce travail plaisant est celui d'un groupe, il n'y a pas de premier ni de second rôle.**

Ceci dit, je ferai aussi l'éloge de la pensée lente et de celle du rêve.

Amicalement,
Dadu

« La fantaisie est un perpétuel printemps. »

JF Von Schiller

Contributeurs :

Annette, Marc, Monique, Jacqueline, Christiane, Morgane, Karine, Jean-François, Paddy, Dadu, Alain (le *coach*), Sandrine

En cas de marges de publications,

Celles-ci seront intégralement reversées à :

http://associationsiloe.com/

Sous la forme de don du producteur.

Idée inspirée de l'article du journal *Le Monde*

(Printemps 2018):

« Entrepreneurs et travailleurs sociaux, ren-contrez-vous ! »

Table des matières

© 2020 SIOBUD, DAMIEN
Édition : BoD – Books on Demand,

12/14 rond-point des Champs-Élysées, 75008 Paris
Impression : BoD - Books on Demand, Norderstedt,

Allemagne
ISBN : 9782322254804
Dépôt légal : Octobre 2020